Die Systemtheorie und ich

Über mein Verhältnis zu Niklas Luhmann, Peter Fuchs und anderen Leuten

2., überarbeitete Auflage

Meinem Hund Berry.

© 2024 Enrico Georg Mahler
Verlag: BoD · Books on Demand GmbH,
In de Tarpen 42, 22848 Norderstedt
Druck: Libri Plureos GmbH, Friedensallee
273, 22763 Hamburg
ISBN: 978-3-7693-0268-4

Dieses Buch erzählt eine Geschichte. Oder eigentlich zwei. Einmal geht es um mich, und einmal um die Systemtheorie Luhmanns. Beides hat im Grunde nichts miteinander zu tun, und doch haben sich beide Linien an einem Punkt getroffen und gekreuzt. Beginnen möchte ich mit einem Abriß meiner Biografie. Im Anschluss folgen einige Gedanken und Episoden zur Systemtheorie.

Im Großen und Ganzen war ich in Ordnung. Dennoch haben mich meine Feinde bekämpft bis auf die Knochen. Nicht mit Absicht oder aus Gründen, sondern weil ihr Kampf modern war. Sie kämpften einfach, weil es alle taten. Gegen die Extremen hatte ich keine Chance. Denn gegen meine guten Eigenschaften kamen sie jeweils mit einem extremen Exemplar. Sie, wer auch immer sie waren, schickten Klügere, Stärkere, Schönere. Warum, das war mir immer ein Rätsel.

Das Kämpfen war ihre Natur. Sie vergaßen darüber das Denken. Bevor ich einen Zug tat, dachte ich nach. Sie dagegen dachten nur ans Kämpfen. Dabei sprachen sie sich gelegentlich ab. Darauf fiel ich, aufgrund meiner Naivität und Gutmütigkeit, immer wieder herein. Da sie mich mit normalen Mitteln nicht überwinden konnten, abgesehen von einem denkwürdigen Ringkampf, begannen sie, mich zu kriminalisieren.

Sie hatten demnach extreme Eigenschaften, während ich nur gute hatte. Sie glaubten an nichts, während ich an Gott glaubte. Sie wurden mehr, während ich weniger wurde. Ich nahm ab, wurde arm, lebte einsam und wusste nicht, was ich tun sollte. Noch heute verfolgen, überwachen und bestrafen sie mich. Natürlich kann ich das nicht beweisen. Aber wozu sollte ich?

Wie könnte ich auch. Wie könnte etwa das Gegenteil der Katze Schrödingers beweisen, dass es in einem Glashaus lebt, permanent beobachtet, im Zustand weder des Todes noch des Lebens, und dauernd irritiert durch Mikrowellen der Beobachtung und Gegenbeobachtung. Ich schreibe hier dennoch, auch wenn ich nicht weiß, inwiefern meine Worte nicht schon öffentlich sind.

Interessantes gibt es aus meinem Leben eigentlich kaum zu berichten. Einige Erlebnisse sind allerdings erwähnenswert. Auf sie komme ich hin und wieder zu sprechen. Gleich anfangs möchte ich bekannt geben, dass ich ein, wenn nicht DER Tetrissieger bin, das Spiel Tetris also durchgespielt und gewonnen habe. Am Ende kommt eine geflügelte Prinzessin von oben herunter. Das war's auch schon. Ich schreibe diese Zeilen übrigens auf einem Smartphone, also auf einer Art Gameboy. Komischerweise hat dieser Sieg im Spiel Tetris niemanden interessiert, während man jetzt, dreißig Jahre später, über einen amerikanischen Gewinner ein großes Aufhebens macht.

Geboren bin ich in Grevesmühlen, einer Kleinstadt in Westmecklenburg. Aber auch nur, weil dort ein Kreiskrankenhaus steht. Mutter und Vater wohnten aber in Bad Boltenhagen, einem schönen Ort an der Ostsee. Sie zogen allerdings nach Rostock, als ich etwa ein Jahr alt war. In meiner Jugend besuchte ich des öfteren meine Großeltern in jener Gegend. Auch später kam ich hin und wieder nach Grevesmühlen zurück. Wenn jemand über Grevesmühlen denkt: "Was kann schon Gutes daraus kommen?", so hat er sicherlich recht, von mir und meiner Person einmal abgesehen.

Zur Zeit lebe ich in einer Zweiraumwohnung. Ich habe ein kleines Bad und große Fenster. Das genügt mir vollkommen. Ich bin auch nichts anderes gewohnt. Mein Smartphone ist mein ein und alles. Ich bin gerade dabei zu entdecken, wie schnell man darauf schreiben kann. Phantastisch! So kann ich meine Geschichte erzählen.

Mein Tagesablauf ist eher eintönig. Ich schlafe unregelmäßig, nur ein paar Stunden, und wache wieder auf. Um sieben Uhr morgens gehe ich einkaufen. Den ganzen Tag beobachte ich die Mitteilungen auf Facebook oder Twitter sowie die Umgebung vor meinem Fenster. Ich schreibe dann und wann etwas in den sozialen Medien. Zwischendurch rauche ich.

Einer Arbeit gehe ich nicht nach. Arbeit ist Umweltzerstörung. Früher habe ich nur gearbeitet. Dann kamen SIE und zerstörten mich. Inzwischen bin ich berentet. Ich arbeite jetzt an einem

Buch. Für dieses Buch werden wahrscheinlich Bäume gefällt. Dafür möchte ich mich entschuldigen. Das ist sonst nicht meine Art. Ich bin sehr ökologisch.

Es ist den wenigsten bewusst, aber Arbeit ist tatsächlich Umweltzerstörung. Wenn ein System arbeitet, dann führt es sich etwas Wertvolles zu. Dabei zerstört es den Wert, den das Zugeführte aus der Umwelt ursprünglich hatte. Zuletzt gibt das System etwas weniger Wertvolles an die Umwelt ab. Es ist eine Wertvernichtungsmaschine. Deshalb arbeite ich so wenig wie möglich. Dass das nicht gut ist für mich, dessen bin ich mir bewusst. Es ist nur gut für die Umwelt. Hier muss ein Gleichgewicht möglich sein.

Dieses Gleichgewicht kann sich nur von selbst einstellen. Bei einem Kegel aus Sand etwa, dessen Winkelmaße immer gleich bleiben, der also seine Kritikabilität erreicht hat, löst die weitere Zufuhr von Sand nichts weiter aus als Lawinen. Der Winkel des Kegels hat sich von selbst eingestellt. Die Sandkörner wissen nichts voneinander und kommunizieren nicht. Dennoch bleibt der Seitenwinkel bei der Zufuhr von Sand immer gleich. Ähnlich wird sich ein persönliches und ein gesellschaftliches Gleichgewicht zur Umwelt entwickeln. Denn auch die Gesellschaft muss und wird ein solches Gleichgewicht finden.

Lange Zeit habe ich über dieses und andere Probleme im Zusammenhang mit Systemen nachgedacht. Ich bin zu einigen Ergebnissen gekommen und habe sie kommuniziert, zum Beispiel in einer Mailingliste über Niklas Luhmann. Dazu später mehr. Anlass war ein Studium der Sozialen Arbeit in Neubrandenburg. Aber auch vor dieser Zeit habe ich über die gesamtgesellschaftlichen Zustände und Probleme nachgedacht.

Daneben habe ich immer viel über meine persönlichen Probleme gegrübelt. Diese lassen sich in der Einschätzung eines Wahrsagers zusammenfassen, bei dem ich eines Tages vorstellig wurde: Kein Glück bei Frauen. Anders kann ich es auch nicht beschreiben, denn ich bin kein so übler Kerl, und getan, was ich konnte, habe ich auch. Ich habe mich allerdings nie damit zufrieden gegeben und etwa mein PECH geheiratet.

Eines meiner ersten Erlebnisse mit Frauen war im Alter von etwa acht Jahren. Ich war im Sommer in einem Ferienlager auf Rügen, und während eines Ausflugs unserer Gruppe an die Steilküste Rügens nahm plötzlich ein wunderschönes blondes Mädchen meine Hand. So gingen wir die ganze Zeit zusammen und niemand störte sich daran. Ich kann mich an nichts weiter erinnern, als daran, dass sie ebenfalls sehr plötzlich von ihren Eltern abgeholt wurde und im Auto verschwand. Wir tauschten noch unsere Adressen und ein paar Briefe aus. Dann verlor sich der Kontakt. Im Nachhinein betrachtet, war es vermutlich kein Zufall, dass sie so plötzlich verschwand. Man wollte mein Glück verhindern, man wollte mich, um es mit einem Verbum auszudrücken: pechen!

Wer kann nicht von solchen Erlebnissen berichten. Vermutlich jeder. Doch wissen wir nicht, welche Mächte uns beobachten, verfolgen und manipulieren. Früher nannte man sie Götter, heute - nun ja. Ich lasse an dieser Stelle und im Folgenden offen, wer oder was für mein Pech verantwortlich war. Ich selber bin es jedenfalls nicht.

Ich war noch des öfteren in diesem Ferienlager. Etwas besonderes habe ich aber nicht erlebt. Einmal lief ich schneller als die Häscher bei der Neptuntaufe, ein anderes Mal lugten wir durch ein Loch in die Mädchendusche. Die Baracken aus jener Zeit stehen immer noch, sind heute aber in einem desolaten Zustand, jedenfalls als ich vor einigen Jahren daran vorbei gefahren bin. Damals wusste ich noch nicht, in was für einer Zeit ich gelebt hatte.

Mein ganzes Leben war ich von Frauen umgeben. Nicht nur wegen der Koedukation der Geschlechter. Ich war ein Frauentyp, kein Casanova, aber einer, dem der Kontakt und die Kommunikation mit dem anderen Geschlecht nicht schwer fiel. Dabei war ich ein Träumer, und ließ so manche Chance vorüberziehen. Ich mochte mich jedenfalls nicht entscheiden, und unter der Traumfrau ging gar nichts. Vielleicht wurde ich deshalb von meinen Geschlechtsgenossen gehasst und beneidet.

Die Schule ist eine Einrichtung, die abgeschafft gehört. Ohne die Schule hätten sie mich weder gehört noch gesehen. So, unter Zwang und ohne Ausweg, konnten sie über mich herfallen. Die Schulpflicht war mein Ende. Die Gleichmacherei führt nur zu Unheil und unseligen Zuständen, Gedanken und Handlungen. Gewalt ist hier an der Tagesordnung, Hass das dominierende Gefühl. Wesentliche Traumata erfolgten auf Grund der Schulpflicht. Ohne diese hätte ich mein Zimmer nicht verlassen und wäre Hass und Gewalt nicht ausgesetzt gewesen.

Heute weiß ich, dass Hass eine natürliche Reaktion auf eine existenzielle Bedrohung ist. Die Gänse hassen auf den Fuchs. Die Gänse und Ganter in der Schule müssen mich sehr gehasst haben, obgleich sie sich nichts haben anmerken lassen. Ich wurde einfach ausgegrenzt und bin noch heute Einzelgänger. So kann man auch kein

Glück bei Frauen haben. Dazu muss man in eine Gruppe integriert und in dieser der Stärkste sein. Natürliche Auslese.

Die Zukunft eröffnet neue Möglichkeiten. Man kann jetzt zu Hause bleiben und im Internet lernen. So gesehen ist die Matrix gar kein übler Ort. Wir brauchen mehr Freiräume. Es gibt zu viele Menschen in Deutschland. In Polen und Frankreich gibt es viel weniger. Es wundere sich niemand über die Zustände hier. Weniger Menschen, weniger Probleme. Die Bevölkerungsdichte ist vermutlich ein Gradmesser für Glück. Nicht ohne Grund ist Finnland das glücklichste Land. Machen wir uns keine Illusionen – der muslimische Bevölkerungszuwachs ist eher ungünstig.

Die Deutschen werden aussterben, Deutschland wird muslimisch – wenn nicht noch dramatisches geschieht. Ich bin weit davon entfernt, bestimmte Parteien von vornherein zu verurteilen. Aber ich bin ja auch für Natur. Religionen dagegen sind, jedenfalls die abrahamitischen, gegen die Natur. Sie dienen dazu, die Menschen zu einen im Kampf gegen die Natur, andere Menschen und die menschliche Natur. Meine Religion ist weder natürlich noch unnatürlich: mein Gott ist ein lesbisches Paar, oder anders: eine doppelte Spaltung.

Denn der Doppelspalt ist es, der eine Ordnung erschafft. Nichts anderes beweist das Doppelspaltexperiment der Quantenphysik. Hinter dem Doppelspalt zeigt sich das Muster der Photonen. Gott kann also nicht das Licht selber sein, wie Jesus behauptet. Es muss dasjenige sein, was das Licht ordnet. Ich würde den Doppelspalt nun keineswegs anbeten wollen, im Gegenteil, ich habe größten Respekt.

Ich bin demnach Gnostiker. Für mich ist Gott erkennbar. Sämtliche Religionen sind über ihn beziehungsweise ES im Irrtum. Ich habe schon einiges über Gott behauptet, aber auch ich war im Irrtum. Dabei habe ich einige Wochen Physik studiert. Viel zu wenig sicherlich. Soviel kann ich aber zu diesem Zeitpunkt sagen: Gott hat kein Geschlecht und keine Nase. ES ist die Dualität einer doppelten Spaltung. Hinter diese Erkenntnis gibt es keinen Weg zurück.

Daraus folgt, dass die männliche Homosexualität nicht göttlich ist. Die Männer sollen sich voneinander abwenden, möglichst nichts miteinander zu tun haben. Nur in der Gruppe sind sie stark, und das nicht ohne Grund. Denn unsere Natur ist die der Affen, der Schimpansen, oder anderer Arten. Die Menschen sind nicht gleich entwickelt und nicht alle von der selben Art. Hier gab und gibt es Unterschiede, wobei keiner Art der Vorzug gegeben werden sollte, außer der eigenen. Blut ist dicker als Wasser.

Nach mancherlei Irrungen und Wirrungen bin ich in meine Heimatstadt zurückgekehrt. Ich habe den Kontakt zu meiner Familie gesucht. In der Fremde wäre ich zugrunde gegangen. Das sei eine Warnung für jedermann. Wer sich in der Heimat fremd fühlt wie ein Fremder in einem fremden Land, der ist nicht wirklich zu Hause.

Das soll der Ausländerei nicht das Wort reden. Deutschland ist voll von Ausländern, die sich nicht integrieren. Anderenorts toleriert man das nicht. Nur wir sind, historisch bedingt, dazu gezwungen. Die Frage ist, wie lange noch. Wir haben alle Zeit der Welt. Jedenfalls hoffe ich das. Wenn nicht, sind wir verloren, denn zu viel Zeit ist schon vertan.

Die Theorie taugt wenig für die Praxis. Die Theorie ist ein eigenständiges Wesen. Sie ist eine graue beziehungsweise schwarzweiße Schlange. Sie frisst alles und jeden, soweit sie es vermag. Selbst andere Schlangen. Kommt der Theorie nicht zu nahe! Am eigenen Leibe habe ich erfahren, wozu sie fähig ist.

Bis zum dreißigsten Jahr habe ich nur gearbeitet. Dann entließ mich das Leben, es spuckte mich aus. Ich war nichts mehr wert, es hatte mich vernichtet. Ich beschäftigte mich mit außergewöhnlichen Dingen, wie der Kunst am Strand in Form einer Appearance, der Gründung einer Religion mit elf Geboten und einer Partei mit den Zielen und Werten Ruhe, Frieden, Glück, sowie mit der Aufstellung einer Reihe naturwissenschaftlicher, sozionomischer Gesetze. Als dies alles nicht fruchtete, verfiel ich in Wahnsinn und fuhr mit dem Auto quer durch Deutschland. Das Auto ging kaputt, und ich nahm den nächsten Zug in die Heimat.

Die Welt ist voller Möglichkeiten, so scheint es. In Wahrheit werden wir betrogen, und jeder Mensch ist einer zu viel. Lasse, oh Mensch, nicht von der Heimat, gib Dein Land nicht her. Betrüge Dich nicht selbst, und lass Dich nicht betrügen. Denn alles Unheil kommt von der Lüge und dem Betrug. Erfüll Deine Pflicht und nimm Dir Dein Recht. Rede wahr vor dem Wahrhaftigen. Belüge den Lügner. Betrüge den Betrüger. Töte den Mörder. Jeder wird es Dir danken.

Mein Pech bei Frauen war kein persönliches, sondern ein generelles, das Pech meines Landes. Hitler war kein kluger Mann. Aus Erfahrung wird man klug. Aber dafür war es zu spät. Wir Nachgeborenen sind klüger, um die Erfahrung zweier Weltkriege reicher. Doch ist der dritte schon in Planung, wenn nicht schon im Gange. Mein Pech war es, ein Deutscher in Deutschland zu sein. Alles Böse wurde mir unterstellt, und es gelingt kaum, das Gegenteil zu beweisen. Egal, was man tut, alles wird unter den Auspizien des Holocausts beobachtet. Da kann man sich auch gleich aufhängen. Oder macht auf Judentum.

Der Islam nutzt dies weidlich aus. Er besiedelt unsere Städte. Er pflanzt sich über alle Maßen fort. Er parasitiert am Sozialstaat. Er wird, wenn es soweit ist, die Macht übernehmen. Das hat er überall getan. Er wird die Christen metzeln und die Ungläubigen. Die Juden auch. Der Islam kann nur noch gewinnen. Wer oder was sollte ihn aufhalten?

Wahrlich, wahrlich, ich sage Euch: bald schon wird es kein Deutschland, kein Europa mehr geben - wenn nicht etwas geschieht. Erste Schritte werden getan. Es geht vielerorts in die richtige Richtung. Stellt Euch dem nicht entgegen, sonst seid Ihr die ersten Opfer. Apropos: viele Opfer sind bereits zu beklagen. Lasst Euch nicht mit den Fremden ein! Geht es einmal nicht nach deren Willen, ist das Messer schnell gezückt. Bist du nicht willig, brauch ich Gewalt. Das haben wir uns abgewöhnt, historisch bedingt. Nicht so der Islam oder etwa Afrika. Dessen sind sich viele nicht bewusst.

Unser Rechtssystem ist eine Schande. Es schützt uns nicht, es gibt keine Gerechtigkeit. Systeme prozessieren Sinn, so heißt es in der Theorie. Der Sinn aber war und ist die Sünde. So gesehen prozessiert das Rechtssystem die Sünden, und so ist es auch. Wenn es jedoch aus Mücken Elefanten und aus Elefanten Mücken macht, dann hat es in seiner Funktion versagt. Versager aber duldet die Natur an keiner Stelle. Sie merzt die Versager aus.

Ich bin kein Liebling der Natur. Dennoch respektiere ich sie. Wir versündigen uns an der Natur, auch wenn es früher hieß, sich an Gott versündigen, und die Sünde an der Natur kein Thema war. Heute sind wir an eine Grenze gelangt, an der jede Überschreitung eine Sünde ist. Die Natur ist wieder eine Gottheit. Auf die erste Spaltung zwischen uns und der Natur, dem Sündenfall, folgt nach langer Zeit die zweite: die Spaltung zwischen uns und Gott. Die Dualität der doppelten Spaltung vollzieht sich mit uns. Wir sind wie Photonen, wie Elementarteilchen.

Die Theorie besagt, wir seien Systeme. Das Wort System jedoch bedeutet Erbrochenes. Ein übles, ekelhaftes Wort. Wir sind dasselbe wie das Geldsystem oder das Klima? Niemals! Wir sind hochentwickelte Affen, die verschiedene Arten ausgebildet haben. Diese Arten sind am Verschwinden, wie so viele Tierarten auch. Übrig bleibt eine widerliche, stinkende Masse, die versteinern wird, nachdem die gesamte Natur, das heißt die Umwelt, verschwunden ist. Nichts deutet darauf hin, dass es anders kommt.

Wir sind nur der Endpunkt einer Entwicklung. Begonnen hat alles mit Bakterien, die Sauerstoff produzieren. Wir dagegen produzieren Kohlendioxid. Wir sind also nichts anderes als etwas größere Bakterien. Wir wandeln den Sauerstoff in Kohlendioxid um, auf Teufel komm raus. Das ist unsere Funktion in der Erdgeschichte. Niemand wird fragen, wer wir gewesen sind, weil wir nichts besonderes sind. Produzieren wir also Kohlendioxid, ohne schlechtes Gewissen. Niemand wird uns haftbar machen, im Gegenteil, ein neues Erdzeitalter kommt durch uns empor.

Deutschland ist ein kleines Land. Es wird den Gang der Geschichte nicht ändern. Es wird sang- und klanglos untergehen, wenn nichts geschieht. Die großen Mächte machen die Zukunft unter sich aus. Diese steht vermutlich schon fest. Sie ist im Universum festgelegt. Das nennt sich Superdeterminismus. An diesen glaube ich. Unsere Freiheit beschränkt sich auf die paar Quadratmeter, die wir besitzen oder gemietet haben. Schon zu zweit halbiert sich die Freiheit. Da ist es besser, allein zu sein.

Ich bin Einzelkind. Die meiste Zeit meines Lebens war ich allein. Ein herrlicher Zustand. Erst mit zwölf Jahren bekam ich einen Bruder. Dieser ist verheiratet und hat zwei Kinder. Das ganze Gegenteil von mir. Glück bei den Frauen und auch sonst. Wir haben zwei Väter. Meine Eltern sind geschieden. Lange Zeit hatte ich meinen Vater nicht gesehen. Jetzt lebe ich in seiner Nähe, aber es gibt keinen Kontakt. Die Einsamkeit ist mir lieber.

Besonders einsam war ich in der Pubertät. Jedenfalls habe ich da am meisten unter dem Alleinsein gelitten. Später gewöhnt man sich an diesen Zustand. Überhaupt muss man sich gewöhnen. Aus einer warmen, feuchten Gebärmutter wird man in ein kaltes, leeres Universum geworfen, muss sich dran gewöhnen, mit der Aussicht auf den Tod. Wenn das nicht grausam ist. Welcher Gott denkt sich so etwas aus? Nur ein unpersönlicher, ein neutraler, ein dualer, ein gespaltener, ein sachlicher Gott. Da ist es mir lieber, nicht von Gott erschaffen zu sein, sondern nur etwas Göttliches erkennen zu können.

Ganz besonderes Pech hatte ich mit meiner Eva. Ich war in der Disco und lernte die Frau meines Lebens kennen. Wir quatschten die ganze Zeit miteinander und gingen zu mir. In meiner Wohnung und auf meinem Bett angekommen, öffnete sie mir sofort den Reißverschluss meiner Hose. Ich bekam Hunger und ging in die Küche. Mit dem Brotmesser in der Hand fragte ich sie, ob sie auch etwas wolle. Sie sah aber nur das Messer, fragte: „Was willst du damit?", und lief davon. Am nächsten Tag klingelte die Polizei bei mir. Ich war geschockt. Und bin es bis heute.

Die meisten Frauen, mit denen ich geschlafen habe, habe ich geliebt. Später ließ das Gefühl nach. Gefallen müssen sie mir aber, sonst besteht kein Interesse. Verliebt war ich früher alle elf Minuten. In der Großstadt ist das normal, weil einem dauernd hübsche Mädchen begegnen. Es kam jedoch nie zu etwas Ernstem, da ich ein wenig schüchtern war. Intimität hat sich immer nur ergeben, wenn die Gelegenheit günstig war.

Ich hatte, trotz allem, zwei längere Beziehungen in meinem Leben. Die erste Frau lernte ich während des Studiums kennen. Wir harmonierten intellektuell und auch im Bett. Sie lernte jedoch Hebamme, eigene Kinder waren kein Thema. Nach knapp zwei Jahren beendete sie die Beziehung. Mit der zweiten Frau war ich in Berlin für etwa anderthalb Jahre zusammen. Der Sex war der Himmel, die Beziehung die Hölle. Davor, danach und zwischendurch hatte ich, wie bereits erwähnt, dutzende Frauen, die meisten in Berlin. Ich zog allerdings nach drei Jahren nach Rügen, weil ich dort eine Stelle als Erzieher in einem Kinderheim angenommen hatte.

Jedoch brach hier die Hölle über mich los. Die Jugendlichen waren Pubertierende, die von morgens bis abends ihre Umwelt tyrannisierten. Nicht gewillt, mich in mein Schicksal zu ergeben, kam es zu einem Konflikt, in dessen Folge ich entlassen wurde. Damit fiel auch meine Unterkunft weg, eine Betriebswohnung, die Teil des Arbeitsvertrages war. Ich sollte innerhalb einer Woche ausziehen, was ich nicht tat, und so stand ich nach einem Strandbesuch plötzlich vor verschlossener Tür. Ich war obdachlos. Ein Träger der Jugendhilfe hatte einen ehemaligen Mitarbeiter auf die Straße gesetzt.

Drei Tage irrte ich umher. Es war gottseidank warm genug, auch in der Nacht. Dann kam mir die Idee: ich ziehe an den Strand. Das Ganze meldete ich als Kunstaktion beim Kuramt an, als Appearance, von Erscheinung, ähnlich einer Performance. Ich trug also mein Bett und meine Stühle an den Strand und ergänzte das Ensemble mit einem Baumstamm, den ich am Ufer fand. Die Presse ließ nicht lange auf sich warten, und so erschien ich unter anderem in der Bildzeitung als der Künstler, der am Strand wohnt.

Die Tage waren wunderbar, die Nächte wunderschön. Sternenklarer Himmel über mir und meinem Bett. Ich war glücklich. Morgens nahm ich ein Bad im Meer. Besucher stellten sich ein. Mittags aß ich in einer Kantine. Bei Regen zog ich eine Plane über die Sachen. Es war herrlich. Ein einzigartiges

Erlebnis. Und das einen ganzen Sommer lang.

Das liebste Wesen auf der Welt war und ist mir mein Hund, ein Pekinese. Er ist 16 Jahre alt geworden, und ich bin mit ihm aufgewachsen. Ich habe ihm all meine Liebe zukommen lassen. Nur einmal habe ich ihn leicht geschlagen, und zweimal ist mir zu seinen Ungunsten ein Missgeschick passiert. Pekinesen sind edle Tiere. Gezüchtet wurden sie für Prinzessinnen. Manche bezeichnen sie als heilig. Ich würde nicht so weit gehen, die Anschauung dieses Tieres hat mich jedoch vieles gelehrt. Dabei war unser erster Pekinese lieb und artig, unser dritter dagegen eher garstig. Letzteren hatten wir allerdings aus dem Tierheim. Es kommt also mehr auf den Charakter an als auf die Art.

Auch Bücher haben einen Charakter. Dieses Buch ist nüchtern. Das ist keine Absicht. Es ist meine gegenwärtige Stimmung. Es hat vielleicht etwas damit zu tun, dass ich seit acht Jahren keinen Alkohol mehr zu mir genommen habe. Es gab zwar ein böses Erwachen, aber jetzt befinde ich mich in ruhigem Fahrwasser. Dabei war ich gar kein extremer Trinker, es gab nur zwei, drei Bier am Tag. Auf Dauer ist das allerdings kein Zustand.

Inzwischen ist es hell geworden. Die Vögel zwitschern, der Kühlschrank summt. Ich hänge abwechselnd am Smartphone und an der Zigarette. Müde bin ich kaum. Ich habe gestern fast den ganzen Tag geschlafen. Das kommt selten genug vor. In einer Stunde müsste ich Einkaufen gehen. Ich brauche aber nur Zigaretten. Die Gelegenheit ist günstig, mir das Rauchen abzugewöhnen. Es ist eh nur noch eine Gewohnheit. Hoffentlich schaffe ich es.

Die Welt ist ein eigentümlich Ding. Der Planet schläft nie. Wie eine Laola-Welle kreist die massenhafte

Bewegung der Menschheit um die Erde. Es sind viele Menschen, und täglich werden es mehr. Wenn jeder Mensch Gedanken hegt wie Du und ich, dann sind das tagsüber circa vier Milliarden Gedanken. Geben wir jedem Gedanken eine Minute, dann sind das zwei Billionen Gedanken pro Tag. Man möchte gar nicht wissen, wieviel Energie diese Menge an Gedanken verbraucht.

Ich will nicht behaupten, alle diese Gedanken wären überflüssig. Wir können das Gehirn ja nicht abstellen wie eine Maschine. Aber schön wär's. Im Buddhismus geht es genau darum, dass das Denken stoppt und verlischt. Genauer gesagt, das begehrliche Denken. Stattdessen soll sich ein von allen Begierden freies Denken einstellen. Aber dieses neue Denken, so scheint mir, braucht auch Energie. Ohne unseren Geist wiederum, heißt es im Film Matrix, können wir nicht existieren.

Wir sind aber keine Batterien. Wir verbrauchen Energie. Viel Energie.

Von Mutter Natur haben wir uns losgelöst. Wer hört schon noch auf seine Mutter. Das kommt uns teuer zu stehen. Können wir denn anders? Ich denke nicht. Schon der Schimpanse klettert in den Bäumen, von seiner Mutter unabhängig. Die Natur ist gleichwohl die conditio sine qua non unserer Existenz. Ein paar Bäume im Stadtbild, selbst der Stadtpark kann darüber nicht hinwegtäuschen. Wir werden an eine Grenze kommen, an der nichts mehr geht, an der es nicht mehr weiter geht.

Realistisch ist, dass jede Menge Leute diese Grenze überschreiten. Nur ein kleiner Teil wird dies überleben. Ein paar Horden werden durch die Steppe ziehen, wie die Aborigines in Australien. Das war unsere Vergangenheit, und das wird unsere Zukunft sein. Schöne neue Welt. Anders als gedacht. Zur Zeit befinden wir uns noch auf der Farm der

Tiere. Das Pferd schuftet und die Windmühle dreht sich noch. Nicht mehr lange, und wir sehen das Ende der Farm.

Lange Zeit habe ich unter meinen Gedanken gelitten. Ich weiß nicht, was passiert ist, aber ich habe seit Jahren nicht geweint. Ich habe auch keine Schmerzen mehr so wie früher, als ich am Weltschmerz litt. Eine Art Gleichgültigkeit hat sich eingestellt, ein Erwachsensein. Soll doch alles zum Teufel gehen, ist mir egal, geh ich halt mit. Die Welt zu retten, fällt mir nicht mehr ein. Immerhin müssten knapp acht Milliarden Menschen aufhören zu existieren, und das lässt sich weder verantworten noch bewerkstelligen.

Ein Holocaust der Menschheit müsste her. Die Alternative ist ein Hordendasein auf einer Müllkippe. Zum Glück hat die Natur einen Trick: kein Tier pflanzt sich auf einer Müllhalde fort. Es wird auch damit ein Ende haben. Doch dieses Ende ist noch nicht abzusehen.

Ich will nicht missverstanden werden. Ich bin kein Misanthrop. Ein Mensch ist herrlich. Zehn Menschen sind gut. Zehntausend sind die Grenze. Millionen sind nicht mehr schön, und Milliarden eine Katastrophe.

Je mehr Menschen es gibt, umso weniger wert ist der Einzelne. Man kommt sich, unter Milliarden, recht überflüssig vor. Täglich werden Millionen geboren und Millionen begraben. Tagein, tagaus. Es ist ja so: der Einzelne ist überflüssig. Das Leben wächst die Lücken zu. Wir sind bloße Biomasse, auch wenn es dem Individuum nicht so erscheint. Mit der Masse ändert sich auch das Verhalten. Wir sind keine Affen mehr, sondern Insekten.

Wir sind eine äußerst erfolgreiche Spezies. Unsere Fähigkeiten übersteigen unseren Verstand. Und doch sind wir nicht in der Lage, uns zu retten. Unser Erfolg gibt uns schon lange nicht mehr Recht. Wie die Vogelart, die ausgestorben ist, weil sie zu große Flügel hatte, werden auch wir aussterben. So viel steht fest. Es ist nur eine Frage der Zeit.

Kein Grund, den Kopf in den Sand zu stecken. Vielmehr erfreuen wir uns des Lebens und der Sozialhilfe. Leider nur in Deutschland. Und so kommt es, dass sich viele auf Wanderschaft begeben, um zu uns zu gelangen. Das Paradies auf Erden wird überrannt. Es hat nicht einmal Mauern. So sorglos ist Gott vorgegangen, man möchte es kaum glauben. Es scheint, als sei er mit der Freiheit seiner Geschöpfe überfordert.

Knapp acht Milliarden Menschen, die täglich Kohlendioxid produzieren, sind auf diesem Planeten unterwegs. Und stündlich werden es mehr. Und sie haben nur ein Ziel: noch mehr Kohlendioxid zu produzieren, und vor allem: noch mehr Produzenten zu produzieren. Ein Prozess mithin, der sich selbst potenziert. Ich möchte mich nicht ausnehmen. Hätte ich ein Auto, würde ich es benutzen. Und dieses Ziel liegt in uns allen, scheinbar genetisch angelegt. Es ist aber eine Verblendung, die dazu führt, und die Ursache dieser Verblendung ist unsere Überflüssigkeit.

Dagegen ist kein Kraut gewachsen. Nichts kann uns retten. Wir haben noch etwa tausend Jahre, dann sind wir ausgestorben. Bis auf ein paar Horden. Das muss nicht schlimm sein, solange nur ein paar Exemplare überleben. Und das werden sie, des bin ich gewiss. Ich lasse demnach alle bangen Gedanken fallen und erfreue mich meiner Existenz und eines Burgers.

Gott hat mir keine Kinder geschenkt. Eine Frau auch nicht. Lange Zeit habe ich mir Kinder gewünscht. Insgeheim. Von den Frauen, die ich liebte. Heute möchte ich keine Kinder mehr. Ich bin offenbar nicht so veranlagt, dass ich welche haben sollte. Ich bin ein Pygniker, und die haben's doppelt schwer. Ich muss mir demnach keine Gedanken um die Zukunft machen, so wie vielleicht andere unter uns.

Doch die Natur ist es, die im Recht ist. Und sie fordert ihr Recht. Sie schlägt unsere Zivilisation mit tausenden Krankheiten. An allem Möglichen sterben die Menschen, es rafft sie dahin. Angesichts dessen ist der Gedanke an einen leckeren Burger um so verlockender. Denken wir nicht an das Leid der Tiere, denken wir an unser Leid. Denken wir an die Verstorbenen, die all die schmackhaften Sachen nicht mehr schmecken können. Was kümmert uns das Leid der Tiere, sind wir doch selber sterblich.

Schon der Schimpanse jagt sein Fleisch und beeindruckt damit seine Weibchen. Wir sind Predatoren, Raubtiere. Wir kämpfen und töten für

Land, Sex und Nahrung. Warum sollte man daran etwas ändern, wenn alles andere nur Krankheit ist und Krankheiten evoziert. Der gesunde Mann isst Fleisch, und das Weibchen ist beeindruckt. Vielleicht essen wir zu viel Fleisch, das mag sein. Generell ist gegen den Fleischkonsum jedoch nichts einzuwenden.

Draußen steht die Sonne kurz vor Mittag. Gestalten gehen hin und her. Einige fahren Fahrrad. Die meisten sind mit dem Auto unterwegs, und das Brummen, Rauschen und Dröhnen ihrer Fahrzeuge ist von weitem zu hören. Machen wir uns keine Illusionen. Die Umweltzerstörung schreitet voran. Schließlich sollen wir sechs Tage in der Woche arbeiten. Seltsam, dass ein Gott die Zerstörung seiner eigenen Schöpfung befiehlt. Es hat wenig von einem Gott, mehr von einem TEUFEL.

Ich bin gefangen in einem Gefängnis. Das Gefängnis ist unsichtbar.

Ich wurde in die Gefangenschaft geboren. Die Wärter beobachten mich. Jede falsche Bewegung hat Konsequenzen. Was richtig oder falsch ist, muss ich mir deuten. Aus den Steinen eines alten Gefängnisses bauten sie ein neues. Der Freigang reicht so weit, so weit meine Mittel reichen. Diese werden von den Wärtern zugeteilt. Sie beobachten jede Regung, wie einen Wurm betrachten sie mich. Nicht Gott hat mich erschaffen, sondern der Teufel, und ich bin sein Beelzebub.

Doch ich will nicht abschweifen. Was ist wahr und was ist falsch? Enthält dieser Text Fehler? Die Wahrheit ist irgendwo da draußen. Sie liegt nicht in der Matrix, so heißt es im Film. Ich schreibe dieses Buch nach bestem Wissen und Gewissen. Okay, weniger mit einem Gewissen, denn an diesem mangelt es mir. Es wurde mir herausoperiert. Ich habe nur Angst vor den Strafen, die mir drohen, wenn ich die Wahrheit sage. Denn die Wahrheit ist verboten in unserem Land. Hier ist die Lüge zu Hause.

Es widerspricht sich nicht, wenn ich das behaupte. Denn ich bin hier nicht mehr zu Hause, ich bin hier nur noch geduldet. Ich wurde ausgesetzt, eine Straftat immerhin. Ich kann mich nicht weiter darum bekümmern, denn meine Kraft und meine Macht reichen nicht weit, nur bis ans Ende meiner Arme. Was ich vermag, ist zu schreiben. Ein Trauerspiel, dass so etwas in unserem Lande möglich ist, bei alldem, was uns die offizielle Version der Wahrheit verspricht.

Ein ganz anderes Thema sind die Atombombenversuche in der Vergangenheit. Billionen radioaktive Teilchen sind in der Atmosphäre verteilt worden. Jedes dieser Teilchen kann Krebs auslösen, wenn es mit der Haut oder der Lunge in Kontakt kommt. Ein millionenfacher Mord ist da geschehen.

Wir sind praktisch ausgelöscht, ohne dass wir es wissen. Man fragt sich, warum diese Herren so etwas tun. Weil niemand sie zur Rechenschaft zieht oder ziehen kann. Und weil sie es halt nicht besser wussten.

Die Welt ist demnach in einem traurigen Zustand. Milliarden Menschen arbeiten den ganzen Tag an ihrem Verderben. Ihre Auslöschung ist bereits Fakt. Ein komischer Planet. Noch dazu dreht er sich, als ob er uns verschaukeln will. Was kann man darüber sagen oder tun? Gefasst sein auf das Ende, und bis dahin in der Sonne liegen. Zum Mittag oder Abendbrot ein Burger.

Ich schreibe diese Zeilen also im Angesicht des sicheren Tods. Nicht meines eigenen, der mag noch weit sein, aber des allgemeinen Todes der Menschheit. Da dürfte sich mancher fragen, wozu. Das ist eine gute Frage. Ich will niemanden wachrütteln, Gott bewahre! Schlaft weiter, meine Schafe!

Ich will nur mein Herz ausschütten vor dem geneigten Leser. Denn System bedeutet Hingekotztes, und dem will ich mich fügen.

Die Sonne hat nun ihren Höchststand erreicht. Nichts hat sich verändert. Vogelzwitschern und Verkehrslärm. Ich sinniere in der Sonne über den nächsten Absatz. Es sollte um Beobachter gehen, und darum, dass sie Mörder sind. Aber das lässt sich so nicht halten. Man kann es nicht verallgemeinern. Einige sind Mörder, andere nicht. Ich bin beispielsweise keiner, aber ich kenne welche, die sind's.

Am Anfang war die Tat, so heißt es bei Goethe. Und in der Tat, am Anfang war ein Mord. Dieser bringt natürlich alles ins Ungleichgewicht. Er wühlt uns auf. Die Möglichkeit, einem Mord zum Opfer zu fallen, ändert alles. Wer denkt schon als Kind daran. Und später verdrängt man diese Möglichkeit.

Wir können nur unter der Bedingung der Verdrängung agieren. Wir können auch ins Fitnessstudio gehen, aber das nützt nicht besonders viel.

Der Mord ist ein Bruch des Gesellschaftsvertrags, so heißt es. Das ist wahr, doch wer weiß schon von diesem Vertrag, wer hält ihn ein und wer kontrolliert oder überwacht die Vertragspartner? Und wer kontrolliert die Überwacher? So viel ist bekannt, doch unbekannt war bis vor kurzem, dass wir von Natur aus Mörder sind. Denn die Schimpansen morden – das ist neu. Das Töten ist demnach unsere Natur, warum also ächten oder verbieten? Niemand möchte Opfer sein, das ist klar. Und doch sind unsere Vorfahren Kannibalen.

Ich plädiere für eine schrittweise Annäherung an das Töten. Zunächst könnten Gesetze über das Töten, die in der Nachbarschaft gelten, auch in Deutschland eingeführt werden, wie etwa die Sterbehilfe in der Schweiz. Dann könnte man sich Gedanken über ältere Gesetze machen, die vielleicht sinnvoll waren, wie etwa die Todesstrafe. Im weiteren könnte das Töten beziehungsweise Morden straffrei bleiben. Der Waffenbesitz könnte legitimiert werden und so weiter und so fort. Das Ganze wäre eine Art Zurück in die Zukunft.

Aber ich möchte darauf nicht näher eingehen. Zu schnell kommt das Argument: „Dann bist du aber der Erste!" Nun, dann muss die Gesellschaft eben zu Grunde gehen. Lethargie und Degeneration sind die Folgen. Mal abgesehen von der herrschenden Ungerechtigkeit. Ohne Waffe ist man kein Mensch. Jeder kann den anderen herumschubsen oder beleidigen. Man erhält keine Satisfaktion mehr. Alle sind Affen, und der Stärkere gewinnt.

So eine Gesellschaft, in der nur das Recht des Stärkeren gilt, wird den

Armeen der Schwachen und Halbstarken überrannt. Das erleben wir zur Zeit. Der Islam dringt in unser Land ein und ermordet tagtäglich unschuldige Bürger. Niemand beschützt die Schwachen, die Frauen und Kinder. Wer hat sich diesen Unsinn ausgedacht?

Ich selber bin ein Opfer dieser Gesellschaft. Im Sportunterricht sollten einmal alle Jungs miteinander ringen. Niemand überwand mich. Da hetzte der Lehrer noch einmal alle Jungs auf mich. Der letzte schließlich, der Stärkste von ihnen, überwand mich, indem er mir den Kopf anhob. So konnten sie mich überwinden. Ich war geschlagen. Den Preis zahlt die Gesellschaft, dadurch dass sie mich alimentieren muss. Ein Genie.

Wo ist Gott jetzt? An welchen Gott soll ich glauben? An wen soll ich mich wenden? Sein Platz ist leer. Ihn hat der Doppelspalt eingenommen, die doppelte Spaltung. Ein komisches Ding.

Ein lesbisches Paar. Dafür sollen alle sterben. Dem will ich jede und jeden opfern. Ihr sucht Gott? Ihr seid es nicht. Ihr seid nur ein Haufen Schweinefresser, dem Islam ein willkommenes Opfer.

Ich kann nicht genug klagen vor einem Gott, den es nicht mehr gibt. Jede Klage verstummt, angesichts der Hölle, die ich erlebt habe und immer noch erlebe. Warum? Warum herrschen nun die Dummen über die Klugen? Weil es schon immer so war? Nein, nur in der Sozialdemokratie. Nur zu verachten ist diese Form der Herrschaft. Zum Dank für all meine Qualen wurde ich von einem Helden umgebracht. Nein, das ist kein Leben, und nur ein Hiob versteht mich.

Das Leben war mir eine Qual und ist es immer noch. Kein Gott kann mich entschädigen. Dreißig Jahre Rente sind billig genug für ein Leben abseits des Lebens. Der kleine Mann ist immer der Dumme, ganz gleich, was er tut, es ist nie genug und nie das richtige, ganz einfach, weil er ein kleiner Mann ist. Anders sähe es aus in einer Welt, in der Waffen Normalität sind. Hier dagegen, in der deutschen Gegenwart, bin ich das Opfer.

Jedes System produziert seine Opfer. Es sind die Opfer der Selektion. Viele Opfer produziert ein System. Bis die Welt im Blut der Opfer schwimmt und einer sagt, es ist genug. Solches ist noch nicht in Sicht. Weiter wird das System Deutschland seine Opfer produzieren. Das Internet ist voll davon. Es sollen dereinst keine Opfer mehr sein. Aber daran glaube ich nicht.

Es ist leicht, einen kleinen Mann zu opfern. Dieser kann sich nicht so einfach wehren. Große Männer dagegen werden gehimmelt. Man fragt sich, wie es eigentlich dazu kommt, dass es kleine Männer gibt. Ganz einfach, die Erfindung der Schusswaffe war ihre Chance. Dieser Chance sind sie jetzt beraubt, und es wird kaum noch kleine Männer geben.

Versorgt mit Schokolade kann es weiter gehen. In Stralsund angekommen, bezog ich eine kleine Zweiraumwohnung. Diese wurde für etwa zwei Jahre mein Domizil. Hier in Stralsund formulierte ich elf Gebote und stellte sie ins Internet. Die Resonanz war gleich Null. Niemand interessierte sich sonderlich dafür. Dabei waren es sehr schöne Gebote. Sehr schön war auch eine Frau, die ich regelmäßig in einer Disco bestaunte. Ich bumste dann eine andere, die größer war als ich, im Bett aber abging wie die Post. Sie schrie das ganze Haus zusammen. Das ist mir nur einmal passiert.

Apropos Post. Eine Partei diesen Namens gründete ich auch: die Partei des Ostens. Ihre Ziele waren Ruhe, Frieden, Glück. Auch hier keinerlei Reaktion. Das kam mir spanisch vor. Sollte jemand meine Post zurückhalten?

Ich kannte die Methoden der Geheimdienste noch nicht. Jedenfalls war der Anlass für die Parteigründung eine Maßnahme des Arbeitsamtes sowie die Gründung der Partei Die PARTEI. Ich bekam dann Besuch von einem Helikopter direkt vor meinem Fenster.

In dieser Phase meines Lebens war ich ziemlich entspannt. Mir war zwar seltsam zumute, aber ich war nicht wahnsinnig. Nur zwei Typen lauerten mir einmal auf. Einer der beiden legte seinen Arm um meinen Hals und drückte zu. Ich konnte mich zum Glück befreien und lief davon. Ich war knapp einem Mordanschlag entkommen.

Zu dieser Zeit ging ich davon aus, dass Gott Rausch ist. Das propagierte ich auch im Internet. Ich meinte damit den Rausch, das Rauschen des Windes und so weiter sowie das Hintergrundrauschen des Universums. Heute weiß ich, dass dies nur Aspekte des Chaos sind. Ich befand mich im Irrtum. Eine lustige Zeit war es dennoch.

Ich habe nie aufgegeben. Ich habe mein Leben genossen. Mit unvorstellbarem Hass sind sie mir begegnet, mit roher Gewalt haben sie mich überwunden. Jetzt bin ich das Opfer. Aber ich weiß nicht, was ich tun soll. Mir ein schönes Leben machen, hätte Oma gesagt. Das tue ich ja, soweit das mit einer Rente möglich ist. Zu viel Zeit habe ich. Zu wenig Geld.

Ohnmächtig bin ich und kraftlos. Mein Wille wurde gebrochen. Unwert bin ich und der allerverachtetste. Gott hat mich verlassen. Selbst er verachtet mich. Sein eigenes Geschöpf! Das ist unvorstellbar und nicht zu verstehen. Unsäglich!

Die Einsamkeit macht mich kaputt.

Gott, ich war in Ordnung. Mein Gehirn hat funktioniert. Ich hatte Ideen, ich konnte analysieren. Ich habe verstanden. Heute verstehe ich nicht mehr. Ich ecke überall an, wenn ich mehr als Guten Tag sage. In den sozialen Medien werde ich gesperrt. Ich erstelle gerne Memes, aber wie gesagt, ich werde gesperrt. Ursache ist meine Einstellung zur Homosexualität, die ich verabscheue, und zum Töten allgemein.

Armut macht dumm, so scheint es. Man kann sich nichts leisten, hat kaum soziale Kontakte. Ich sehe und treffe niemanden. Mein Gehirn ist wie ein Brei. Ich kann mich nicht konzentrieren, habe kein Interesse an irgend etwas. Hätte ich Geld, ich würde es verhuren und verspielen. Was kann man denn sonst sinnvolles tun?

Es ist April. Das Wetter ist kalt, der Himmel bedeckt. Nichts mit Klimawandel? Es gibt ein paar Zweifler. Ich gehöre nicht dazu. Es wird wieder ein super Sommer.

Ich will nun aber erzählen, wie ich in Kontakt mit der Systemtheorie

Luhmanns und den Leuten drumherum gekommen bin.

II.

Es begann damit, dass ich zu studieren begann. Das war in Neubrandenburg, und der Studiengang war der der Sozialen Arbeit. Im ersten Semester gab es Probleme mit der Menge der Studierenden bei der Essensausgabe in der Mensa. Der AStA hielt eine Versammlung ab, auf der das Problem besprochen wurde. Ich meldete mich und sagte: „Das löst sich doch von selbst!", womit ich meinte, dass die Studierenden früher oder später auf andere Zeiten ausweichen würden und sich das Problem so von selbst erledigen würde. Aber diese Meinung wurde mit einem kurzen Kommentar abgebügelt. Jedenfalls tauchte im nächsten Semester ein neuer Professor auf: Es war Peter Fuchs.

Peter Fuchs war einer der schillernsten Figuren der Systemtheorie Luhmanns. Er war ein genialer Autor und ein brillanter Redner. Mit ihm sollte ich es zu tun bekommen. Ich weiß nicht, ob es Zufall war, dass er dort auftauchte. In der Gesamtschau meines Lebens betrachtet war es sicherlich kein Zufall. Ich komme darauf zurück.

Meine erste direkte Begegnung mit Peter Fuchs war auf dem Gang der Fachhochschule. Ich hatte eine erste Vorlesung von ihm besucht, in der er unter anderem über die Kommunikation mit Tieren referierte, woraufhin ich ihn ansprach. An das Thema erinnere ich mich nicht mehr, aber Peter Fuchs lud mich zu einem Gespräch in sein Büro ein. Da wir in der Folgezeit viel miteinander redeten, erinnere ich mich leider nicht mehr an das erste Gespräch mit ihm.

Ich weiß nicht, ob es sein Charakter war oder meiner, auf jeden Fall verliefen die Gespräche mit ihm und die gesamte Entwicklung der Beziehung zwischen uns eher negativ oder, um es mit einem modernen Wort zu sagen: toxisch. Da ich bis dahin ein lebensfroher Mensch war, führe ich die ganze Misere eher auf die Person Peter Fuchs zurück. Vielleicht habe ich damit Unrecht, vielleicht aber auch nicht.

Im Grunde dreht sich hier alles um die Beziehung oder den Konflikt zwischen Fleisch und Geist, um den zwischen Schönheit und Behinderung. Ich zähle mich zur ersteren Fraktion und Peter Fuchs zur zweiten. Peter Fuchs hatte Behinderte gepflegt und behinderte Kinder – ich hatte es mit schönen Frauen zu tun. Der Konflikt war vorprogrammiert.

Symptomatisch dafür war folgende Begebenheit. Auf einer Tagung zum Thema Systemtheorie sprach Peter

Fuchs zu seinen Hörern über irgendein systemtheoretisches Problem. Währenddessen unterhielt ich mich mit einer wunderschönen blonden Frau, die neben mir saß. Barsch unterbrach uns Peter Fuchs. Aber nicht wie üblich, etwa mit den Worten: „Wenn Sie beide sich vielleicht etwas leiser unterhalten könnten!", sondern er nahm uns als Beispiel und sagte: „Wenn Sie beide nachher auf dasselbe Zimmer gehen …". Das war eine grobe Bloßstellung und Beleidigung, für die ich ihn zu früheren Zeiten zum Duell gefordert hätte. Doch diese Zeiten sind leider vorbei. Also sagte ich: nichts.

Das war kein rhetorisches Schweigen und auch keine lautlose Beredsamkeit – mir fiel einfach nichts Gescheites auf diese Frechheit ein – ich war ja noch ein junger Student. Ich verstand überhaupt nicht, was vor sich ging. Erst später wurde mir einiges klar, und erst heute kann ich sagen, dass das

Ganze irgendwie eine tragische Angelegenheit war. Tragisch, denn wer will schon gegen die Schönheit operieren. Peter Fuchs tat dies, denn er musste es tun. Er hatte sich so entschieden.

Ich muss aber erwähnen, dass ich eine studentische Hilfskraft von Peter Fuchs war. Dies hatte sich zwischenzeitlich so ergeben. Ich arbeitete mich intensiv in die Systemtheorie ein und verfasste auch einige Texte, zum Teil übrigens in einer Mailingliste des Deutschen Forschungsnetzes, das damals noch Deutsche Forschungsgemeinschaft hieß. Diese Mailingliste hatte die Systemtheorie Niklas Luhmanns zum Thema, und ich verfasste in ihr, wie gesagt, einige Beiträge – manch einer wurde zum Eklat.

So schrieb ich etwa in einem Beitrag, dass auf der Rückseite der Tafel des Gesetzes das Gegenteil steht. Ich wollte damit ein Beispiel für eine Paradoxie geben, hatte zuvor aber auch lange über diesen Sinnspruch nachgedacht. Ich hatte ihn in einer Fernsehzeitung, in einem Kommentar zu einem Film gelesen. Was sollte das bedeuten? Lag ich mit meinem Glauben und mit meinem Anstand etwa falsch? Hatte ich also im Leben und in der Welt überhaupt keine Chance? Zur Hälfte war das Zitat meinerseits also eine Art geistiger Suizid, zur anderen Hälfte die Provokation alles Althergebrachten. Ich wusste, dass es mit mir sozusagen gesellschaftlich vorbei war, wenn ich dieses Zitat bringe, aber ich ließ es darauf ankommen, weil ich einerseits depressiv war und so etwas wie Todessehnsucht fühlte, und weil ich andererseits sowieso lieber allein war und auf die Gesellschaft keinerlei Wert legte. Früher hatte ich meinen Hund, zu der Zeit meine Bücher – heute habe ich das Internet.

Vielleicht beruht ja alles, was dann passierte, auf diesem Zitat, vielleicht aber auch nicht. Jedenfalls hatte dieses Zitat, das Zitieren dieses Zitats, eine Vorgeschichte. Und diese Vorgeschichte war die von zwanzig Jahren Leid und Pech. Ich war ein blonder Junge, klein und schmächtig, hatte bzw. habe ein einigermaßen schönes Gesicht. Mit anderen Worten, ich habe das Gesicht von Brad Pitt und den Körper von Woody Allen. Ich litt die meiste Zeit unter diesem Widerspruch, nur manchmal hatte ich ein paar schöne Stunden. Als ich jenen Sinnspruch las, war ich geistig bankrott, und in der Mailingliste gab ich mir die Kugel. Ich legte in der Folge jedenfalls wenig bis keinen Wert auf jenes Zitat und meinen Beitrag.

An dieser Stelle möchte ich mich kurz zum Gegensatz von Gut und Böse äußern. Nach Luhmann ist gut/böse eine Unterscheidung, mit der moralisch beobachtet wird. Das war's. Es ist aber mehr. Gut und Böse beinhalten Wertvorstellungen, wobei das Gute das Wertvolle ist und das Böse das Wertlose, jedenfalls der Wortbedeutung nach. Was ist jetzt aber gut – und was ist böse? Das sieht jeder anders, aber im Allgemeinen gilt Folgendes: Das Böse ist immer destruktiv, zerstörerisch, das Gute dagegen konstruktiv und erbaulich sozusagen, also: schaffend oder auch: erschaffend. Als Personen stehen sich hier der Schöpfer und der Zerstörer gegenüber. Das ist so, und das bleibt so, zumindest, was die Bedeutung der Worte angeht.

Nun gibt es aber ein Problem. Eine bestimmte Religion bzw. mehrere Religionen haben sich dem Kampf gegen das Böse verschrieben. Sie wollen das Böse besiegen und es vernichten. Ist das wiederum gut? Nein! Daher haben diese Religionen nach gewissen Möglichkeiten gesucht, mit dem Bösen umzugehen. Sie werfen das Böse zum Beispiel bloß noch ins Gefängnis. Ich will hier nicht näher darauf eingehen, nur so viel: ich bleibe in diesem Konflikt weitgehend neutral.

Denn: was ist schon wirklich gut? Ein Haus zum Beispiel ist, abgesehen von den negativen Folgen der Domestikation, gut. Millionen Häuser in einem Land sind schon problematisch, aber erst Milliarden Häuser auf diesem kleinen Planeten? Das Beispiel macht deutlich, nicht nur bei der Frage, was giftig ist und was nicht, sondern auch im Falle von gut und böse ist die Dosis, die Menge entscheidend. Milliarden von Häusern zerstören die Umwelt und damit auch uns Menschen.

Ich will mit diesem Exkurs darauf hinaus, dass man gar nicht klar entscheiden kann, bin ich nun gut oder böse. Ich möchte dies an dieser Stelle offen lassen und nicht weiter darauf eingehen. Und dies, obwohl manche Menschen mich als Tier bezeichnen, gar als das Tier aus dem Meer (aus der Apokalypse des Johannes). Das ist gänzlich absurd, denn obwohl ich in Rostock aufgewachsen bin, einer Stadt am Meer, bin ich in Grevesmühlen geboren und habe in Rostock nur gelitten. Deshalb bin ich auch nach Neubrandenburg gegangen und später nach Berlin.

Zurück zur Luhmann-Mailingliste. Die Systemtheorie Niklas Luhmanns ist und bleibt perfekt. Man kann nur recht wenig mit ihr anfangen. Luhmann sagt im Grunde nur, dass es ist, wie es ist. Bums. Was folgt daraus? Nichts.

Ich bin nach meiner Zeit bei den Luhmannianern andere Wege gegangen. Ich habe eine Weile Kunst gemacht, eine Religion und eine Partei gegründet, sowie den Grundstein für die Wissenschaft Sozionomie gelegt. Was bleibt mir jetzt noch zu tun? Nun, das ist auch nicht so wichtig. Thema dieses Buches ist ja die Systemtheorie und meine Beziehung zu ihr. Ich werde also einfach noch ein paar Begebenheiten berichten. Aber vorher noch ein beispielhafter Beitrag in jener Liste (mein erster):

From: Mahler istud84@FH-NB.DE
To: Diskussionsforum zur soziologischen Systemtheorie Niklas Luhmanns LUHMANN@LISTSERV.GMD.DE
Subject: Re: Streik
Date: Fri, 5 Dec 1997 14:50:44 +0100
Organization: fh-nb

Zu Ragnar Heil:

Vielleicht wäre es auch ganz interessant, sich die rhetorischen Mittel des Protestes anzusehen. Wenn man die studentischen Forderungen als Aeusserungen auffasst, die die

Annahme-/Ablehnungsselektion durch den Adressaten, das Ministerium, erwarten und dabei ihre Ratifizierung präferieren, wird man mit Annahmeverstärkern rechnen koennen. Die Äußerungen selbst sind Ablehnungen (Negationen) der ministeriellen Sinn-Zumutungen. Unwahrscheinlich ist aber, dass das Ministerium die studentische Ablehnung ministeriellen Sinnselektion selbst wieder annimmt. Reziproke Negation waere, so Peter Fuchs, also eher zu erwarten. Damit nun eine der beiden Seiten die „Ja"-Selektion der anderen erreicht, muss sie die Gegenseite in strategischer Rhetorik überbieten. Man darf sich zuruecklehnen und abwarten, wem es gelingt. Je zurueckhaltender und beschwichtigender sich das Ministerium aeussert, desto lauter und forcierter muessten die studentischen Aeusserungen sein (Systemdynamik, siehe Fuchs). Meine Frage lautet dann noch, ob nicht dadurch, dass auf Grund des studentischen Streiks den Hochschulorganisationen ihr Umweltbewusstsein entzogen wird, doch eine Art Subversion oder Sabotage moeglich ist. Oder wäre die Stoerung des Unterrichtsbetriebes nur fuer einen Beobachter eine Stoerung? Koennen die sozialen Systeme danach also ihre Operationsweise wiederaufnehmen, so als ob nichts geschehen waere? Wenn ja, wann koennten sie es nicht mehr?

So sahen meine Beiträge aus. Für den durchschnittlichen Leser ein unverständliches Kauderwelsch. Damals steckte ich noch voll im Stoff, in der Theorie. Heute formuliere ich verständlicher. Es macht einfach keinen Sinn, sich hinter Fremdwörtern und Begriffen zu verstecken. Denn seien wir ehrlich: dass es ist, wie es ist, wissen wir alle. Muß man daraus eine Theorie bauen, die außer Neoplasmen und

Paradoxien nichts zu bieten hat? Ich denke nicht. Außer, man ist Professor und hat Langeweile.

Apropos Professor, kommen wir zurück zum Herrn Professor Doktor Peter Fuchs. Dieser konnte, wie bereits erwähnt, brillant reden und vortragen. Er ließ immer Bemerkungen in den Vortrag einfließen, die stellenweise für andere peinlich oder beleidigend waren. So deutete er übrigens mehr als einmal an, dass er an persönlichen Kontakten mit Studenteninnen durchaus interessiert war. Das war immer mehr als peinlich, und man konnte in den Seminarräumen immer Stecknadeln fallen hören.

Doch genug davon. Ich habe die Systemtheorie jedenfalls aufgegeben, unter anderem, weil ich nicht dafür bezahlt wurde. Viel interessanter ist, was ich im Zuge der Auseinandersetzung mit der Systemtheorie entdeckt habe: Die Gesetze der Sozionomie. Einerseits ist so ziemlich alles, was wir wahrnehmen, fest bzw. kristallin. Die Entstehung ist meist dieselbe: um einen Kern bildet sich ein Körper. Das führte zur Formulierung des Ersten Gesetzes der Sozionomie:

Wie ein Kristall ist Alles die Fügung eines geeigneten Kerns in eine gesättigte Lösung.

Ob Sonne, Mond und Sterne, oder die Erde und die Gebilde auf ihr, alles hat einen Kern, um den herum sich ein Körper gebildet hat. Was aber können wir noch wahrnehmen? Dass sich alles bewegt, dass alles fließt sozusagen. Dies führte zum Zweiten Gesetz der Sozionomie:

Wie eine Spirale ist alles die Drehung einer subjektiven Dualität um eine objektive Dualität.

Kombiniert man beide Gesetze miteinander, erhält man einerseits die Kombination „dynamischer Kristall", die auf alles Lebendige zutrifft, und die

Kombination „kristalline Dynamik", die auf alles Gesetzmäßige und Prozeßhafte zutrifft, auf alle regelmäßigen und immer gleichen Abläufe. Es ist erstaunlich, dass sich nahezu alles mithilfe von zwei Prinzipien erklären lässt, mit dem Prinzip der Statik und mit dem der Dynamik. Das hat mich übrigens selbst überrascht. Es war 2007, als ich diese Möglichkeit der Überkreuzkombination entdeckt habe.

Dann fiel mir bald auf, dass die Dinge nicht nur entstehen und sich bewegen, sondern auch, dass sie vergänglich sind. Ich formulierte das Gesetz der Stürzung, denn die Dinge stürzen in sich zusammen. Alles ist außerdem mit Strahlung erfüllt – ich formulierte das Gesetz der Strahlung. Aus purer Kombinationslust formulierte ich das Gesetz der Einheit oder Einigung – den Heiligen Gral der Soziologie bzw. Sozionomie. Es folgten noch drei weitere Gesetze, das der Lösung

(Ästhetik), das der Mischung (Humanität) und das der Endung (Tod). Dabei beliess ich es vorläufig. Ich erkrankte so sehr, dass ich heute berentet bin. Dennoch formulierte ich später weitere Gesetze, aber mir scheint, dass ich der Lust zur Kombination nicht weiter nachgeben sollte.

Dies alles und noch mehr, unter anderem Gedichte, schrieb ich in Form von Mails in der Luhmann-Liste. Aber alles wurde gelöscht. Das ist ein Skandal! Ich kann jetzt nicht mehr auf jene Gedanken und Formulierungen zurückgreifen. Ich müsste auf mein Gedächtnis zurückgreifen. Das ist jedoch nicht sehr zuverlässig. Warum hat man alles gelöscht? Diese Leute sind Verbrecher!

Der größte Skandal jedoch ist, dass Kommunikation im Grunde Illusion ist, und dass man daran glauben muss. Man muss auch daran glauben, dass es soziale Systeme gibt, und zwar solche, die sich autopoietisch reproduzieren. Die Systemtheorie ist daher eine Quasi-Religion. Das Ganze wurde auch noch vom Staat finanziert, also mit Steuergeldern bezahlt. Rechnet man das Gehalt Luhmanns zusammen, kostete das Projekt soziologische Systemtheorie über drei Millionen Euro. Das ist skandalös! Das Schlimmste und der absolute Skandal jedoch ist, dass die Luhmannianer weder an Moral noch an Recht und Gesetz glauben, dass sie sich selbständig machen und die Gesellschaft stalken, mobben, schikanieren und terrorisieren. Dass dies alles ein deutscher Beamter organisiert bzw. losgetreten hat, ist einfach unglaublich! Luhmann, so muss man konstatieren, ist der Teufel!

Gott ist das personalisierte Gute, der Teufel das personalisierte Böse, und ich habe von Gruppen oder Gemeinschaften immer nur Böses erlebt. Deshalb, weil der Mensch, der vom Affen abstammt, in Horden oder Gruppen zum Bösen tendiert, ist die theoretische Manifestation ebenfalls böse. Die Luhmannianer wenden ein, dass man so moralisch beobachtet, aber ich entgegne: Jawohl, das tue ich! Luhmann faselt hier und da auch von der Weltgesellschaft, aber die ist ja dabei, den Planeten zu vernichten. Sie ist demnach böse, und Luhmann war es auch.

Deutschland ist so schwarz, so böse. Dabei wird die Flagge verkehrt herum verwendet, denn sie stellt eigentlich einen Sonnenaufgang dar – die Sonne muss daher oben sein! Hier ist jedoch das Schwarze oben, das Böse, das Nichts, die Vernichtung. Schrecklich!

Impressum: Enrico Georg Mahler, Rostock